作者

李明愛 이명애

因為喜歡墨的香氣，在大學專攻東洋畫，創作的繪本之中仍保留著墨香。
曾幫數本童書配圖，本書是第一本自寫自畫的作品。希望藉由這本繪本，
讓孩子理解我們周遭發生的各種現象，並產生共鳴。

譯者

蘇懿禎

日本女子大學兒童學碩士，東京大學圖書館情報學系博士候選人，研究兒童
文學、兒童閱讀，並從事圖畫書翻譯和繪本講座舉辦與演說，曾擔任高雄市
立圖書總館童書顧問、新北市立圖書館、臺南市立總館兒童書區顧問。

求學期間，意外發現繪本的美好與魔力，於是投入圖畫書之海，挖掘更多驚
喜與美，至今不輟。相當熱愛富有童趣又不失深邃文字和圖像的繪本，積極
推廣各種風格且極具美感、受孩子喜愛也令孩子著迷的故事，更努力把繪本
裡的美好介紹給更多大人。

Thinking 018

塑膠島 플라스틱 섬

文 · 圖｜李明愛 이명애
譯｜蘇懿禎

字畝文化創意有限公司

社長兼總編輯｜馮季眉
責任編輯｜洪　絹
美術設計｜蕭雅慧

出　　版｜字畝文化／遠足文化事業股份有限公司
發　　行｜遠足文化事業股份有限公司（讀書共和國出版集團）
地　　址｜231 新北市新店區民權路 108-2 號 9 樓
電　　話｜(02)2218-1417
傳　　真｜(02)8667-1065
客服信箱｜service@bookrep.com.tw
網路書店｜www.bookrep.com.tw
團體訂購請洽業務部 (02) 2218-1417 分機 1124

法律顧問｜華洋法律事務所　蘇文生律師
印　　製｜中原造像股份有限公司

出版日期｜2018 年 1 月 04 日　初版一刷
　　　　　2024 年 7 月　　　初版十九刷
定　　價｜360 元
書　　號｜XBTH0018
I S B N｜978-986-95508-6-4（精裝）
特別聲明：有關本書中的言論內容，不代表本公司
　　　　　出版集團之立場與意見，文責由作者自行承擔

플라스틱 섬

塑膠島

이명애

李明愛 著

蘇懿禎 譯

我住在一座漂浮在大海中央的小島。

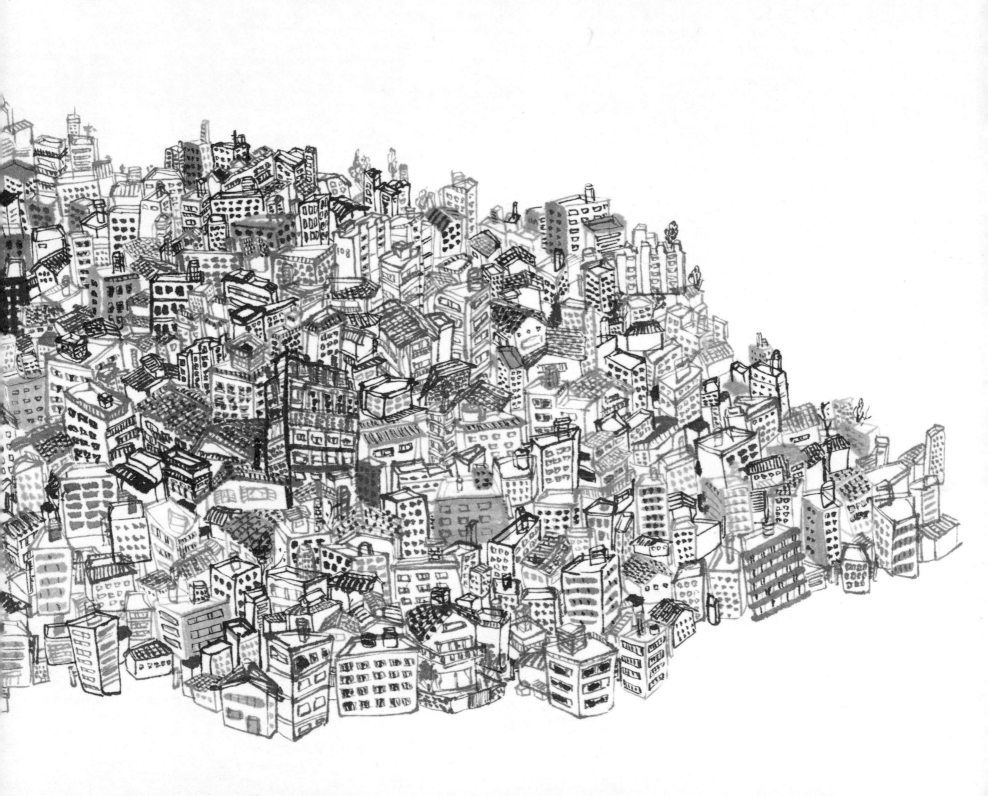

我住的那座小島，

到處充滿五顏六色的東西。

這些五顏六色的東西， 有的沿著河川，
一點點、 一點點的流進大海。

有的則是在颱風或海嘯來時， 跟著大浪湧入海裡。

隨著季節來訪的朋友來到了這座島，

看見眼前的景象，　全都大吃一驚。

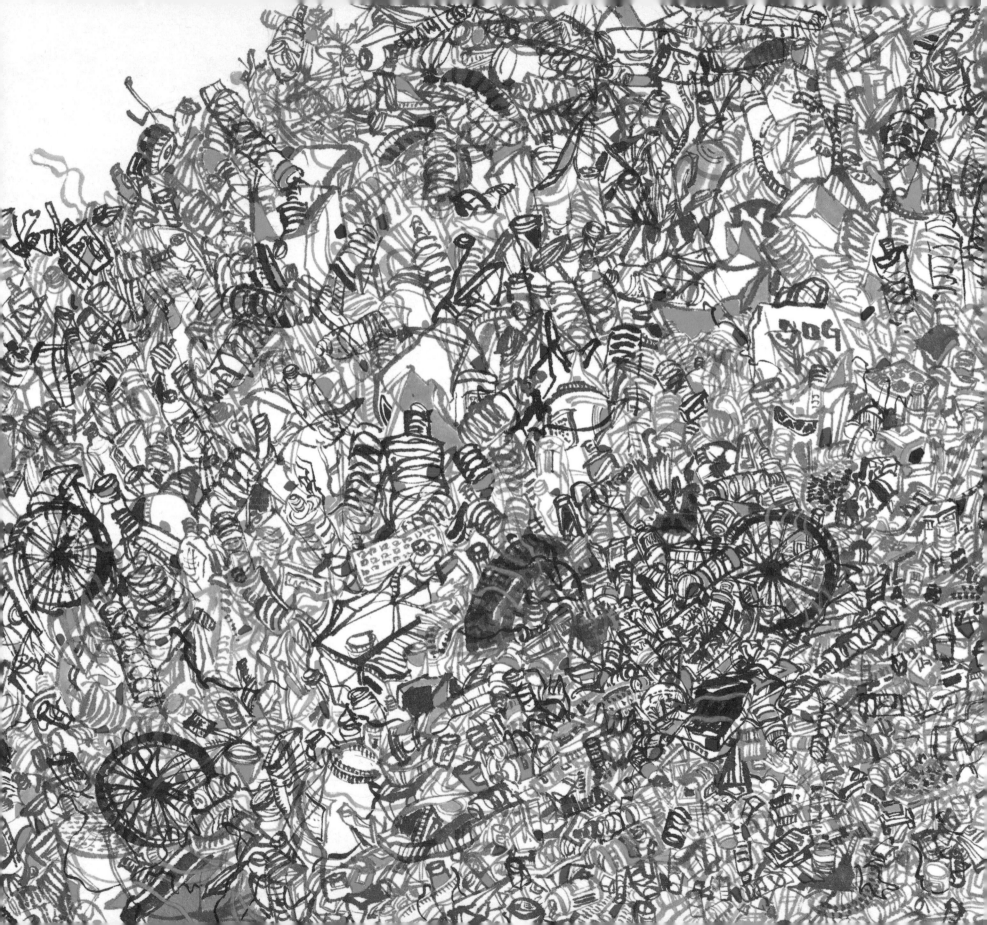

剛開始，
他們並不太習慣這種環境。
沒多久，
他們開始學著適應。

雖然大家都不知道
這些五顏六色的東西到底是什麼，
卻還是試著咬看看、用看看，
或是把它們蓋在身上。

偶ㄡˇ而ㄦˊ， 有ㄧㄡˇ些ㄒㄧㄝ朋ㄆㄥˊ友ㄧㄡˇ會ㄏㄨㄟˋ被ㄅㄟˋ這ㄓㄜˋ些ㄒㄧㄝ五ㄨˇ顏ㄧㄢˊ六ㄌㄧㄡˋ色ㄙㄜˋ的ㄉㄜ˙東ㄉㄨㄥ西ㄒㄧ困ㄎㄨㄣˋ住ㄓㄨˋ。

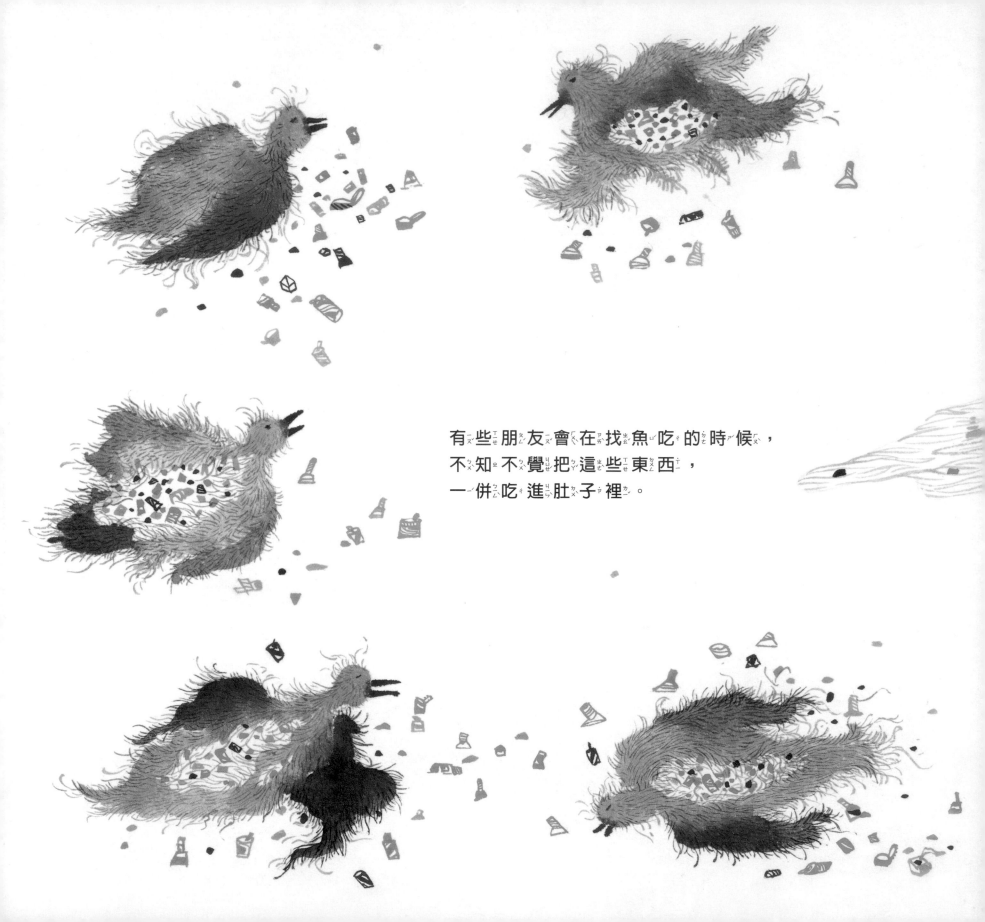

有些朋友會在找魚吃的時候，
不知不覺把這些東西，
一併吃進肚子裡。

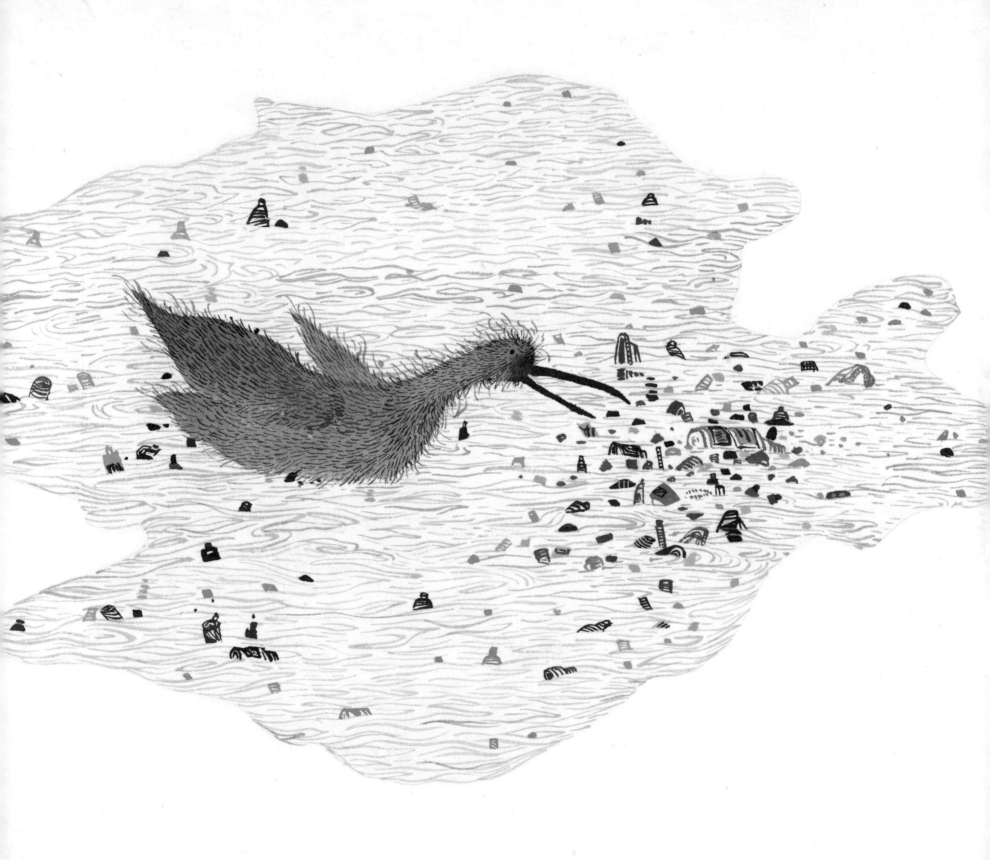

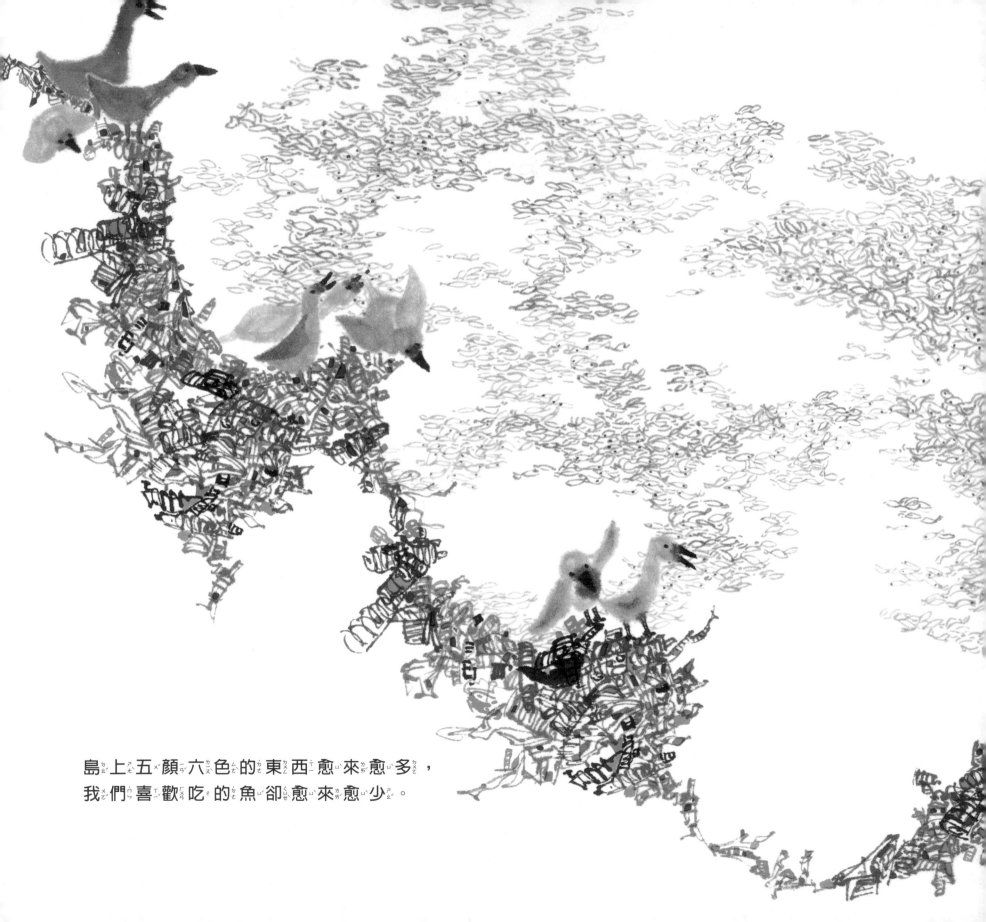

島ㄉㄠˇ上ㄕㄤˋ五ㄨˇ顏ㄧㄢˊ六ㄌㄧㄡˋ色ㄙㄜˋ的ㄉㄜ˙東ㄉㄨㄥ西ㄒㄧ愈ㄩˋ來ㄌㄞˊ愈ㄩˋ多ㄉㄨㄛ，
我ㄨㄛˇ們ㄇㄣ˙喜ㄒㄧˇ歡ㄏㄨㄢ吃ㄔ的ㄉㄜ˙魚ㄩˊ卻ㄑㄩㄝˋ愈ㄩˋ來ㄌㄞˊ愈ㄩˋ少ㄕㄠˇ。

雖然，有一些人
試著清理這些東西。

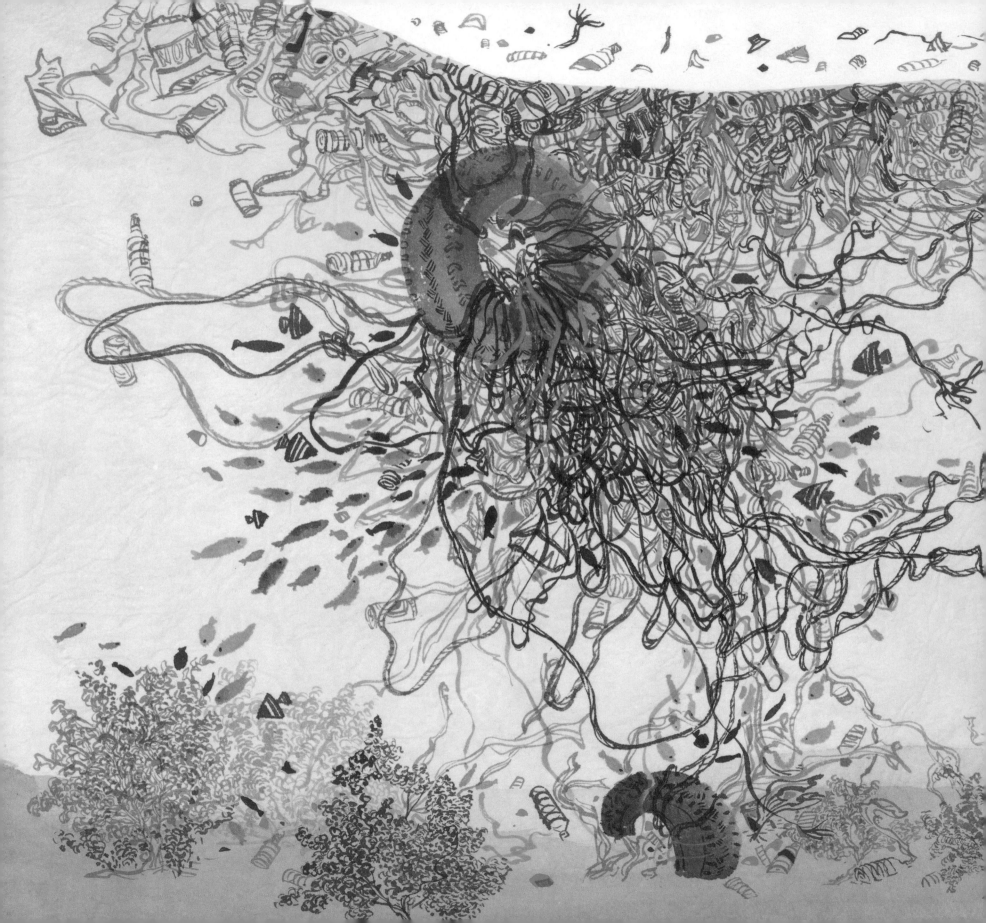

但是很快的，
島上又會被更多種類、
更多數量的「東西」淹沒。

我ㄨㄛˇ住ㄓㄨˋ的ㄉㄜ˙這ㄓㄜˋ座ㄗㄨㄛˋ島ㄉㄠˇ，

是ㄕ在ㄗㄞ大ㄉㄚ海ㄏㄞ中ㄓㄨㄥ間ㄐㄧㄢ新ㄒㄧㄣ生ㄕㄥ成ㄔㄥ的ㄉㄜ塑ㄙㄨ膠ㄐㄧㄠ島ㄉㄠ。

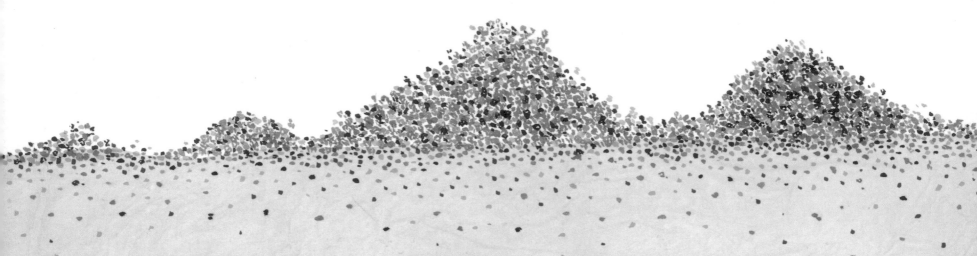

你可以幫「阿海」做什麼？　陳姿蓉◎台灣環境資訊協會 環境信託中心

《塑膠島》是由一隻海鳥告訴我們的故事，我們姑且叫他「阿海」吧！阿海先帶我們來到一個灰濛濛的小島，其中夾雜了一些的顏色。隨著故事，這點點色彩也出現在海面的船隻上、浪頭上。隨著風、順著海流，顏色似乎愈聚愈多，逐漸在海中旋繞聚集成一個巨大的彩色島，原本還在整片墨色尋找色彩的我們，一瞬間，眼前只剩下滿滿的五顏六色，那一點點黑墨，居然轉換為受苦的生物們，在塑膠島中辛苦的生活著。

塑膠島真的存在嗎？

許多研究人員搭船出海研究後發現，「塑膠島」是不存在的，但更可怕的是，他們發現了海中的「塑膠濃湯」、甚至是「塑膠霧霾」。

原來，我們丟棄的塑膠沒有消失，在漫長的歲月裡，在陽光照射、海水侵蝕、海浪拍擊下，使它們不斷碎裂，變成愈來愈小的塑膠碎片。你能想像嗎？這些塑膠碎成0.5公分大小的碎片或更小的微粒，漂浮在海面、海中或堆積在海底。根據國外研究推算，海洋中至少有超過5兆件的塑膠碎片呢！

一個寶特瓶，如果碎裂成無數個塑膠碎片……

如果這些塑膠會碎成小小塊，阿海的同伴或許就不會被困在垃圾中；即便吃到了肚子裡，也不容易卡住，過一會兒就排出體外了，不是嗎？

但是，真的是這樣嗎？

事情沒有這麼簡單！這些塑膠，在海裡漂流時也會附著一些有害物質（註），這些有害物質就有可能一起被生物吃下肚、消化